Sur les traces du Père Fouettard

de Marie Seiler et Odette Muller

C'est la veille de Noël. Les rennes sont prêts à partir et s'impatientent. Ils frappent le sol gelé de leurs petits sabots couverts de poudre d'étoile.

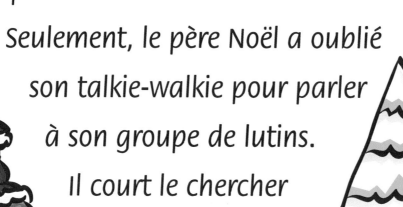

Seulement, le père Noël a oublié son talkie-walkie pour parler à son groupe de lutins. Il court le chercher dans sa maison.

Il fouille dans le placard de l'entrée, quand soudain...

ON le pousse à l'intérieur et ON l'enferme.

Qui a pu faire
une chose pareille ?

Il s'agit du Père Fouettard qui
vole le traîneau
et tous les jouets.

Cette année tous les enfants de la terre auront des martinets et des bonbons au poivre.

AH ! AH !

lance le Père Fouettard à la lune.

Entrons dans la brume du pays perdu. Personne n'osera me suivre.

Faribole et Pain d'Epice, ces deux petits farceurs, entrent dans la maison du Père Noël pour ranger les talkies-walkies avec lesquels ils jouaient.

Ils entendent du bruit à l'entrée et délivrent un Père Noël bien triste.

Cette année, il n'y aura pas de cadeaux...

Alors Faribole et Pain d'Epice se lancent sur les traces du voleur avec leur détecteur de rennes.

Le Père Fouettard arrive chez lui dans sa maison au hameau de l'ombre, impasse de la grisaille.

Il enferme les rennes dans une grange balayée par de méchants courants d'air et illuminée par des éclairs d'effroi.

Pauvres rennes ! Ils se blottissent les uns contre les autres.

Le Père Fouettard entre chez lui et claque la porte avec un bruit de tonnerre. Ensuite, il cache la hotte à la cave.

Bien malin qui viendra la chercher là !

Enfin satisfait, il peut s'attabler pour déguster quelques clous au vinaigre et des chips de crapauds.

À l'approche de la maison, ou plutôt

de ce qu'il en reste,

Pain d'Epice se met à trembler.

- Il fait presque nuit, alors que c'est le jour...

- Ce n'est rien Pain d'Epice. Pense que derrière

les nuages, le soleil

est d'un beau bleu !

- Comme un poisson rouge ?

- Oui comme un poisson rouge...

heu, il me semble.

*F*aribole cache ses oreilles pointues et frappe à la porte tandis que Pain d'Epice se cache derrière lui.

- QUOI ? Qu'est-ce que c'est ? grince le Père Fouettard de sa voix caverneuse.

Il ouvre la porte et découvre un petit enfant vêtu de vert comme un lutin et un animal qui ressemble à s'y méprendre à un renne.

QUI SONT-ILS ?

9 Décembre

*B*onsoir... nous avons faim...

- PASSEZ VOTRE CHEMIN !

- Nous avons froid aussi...

Le Père Fouettard les examine et constate

qu'ils ont le nez bien rouge. Il demande :

- Vous connaissez le Père Noël ?

- Qui ? demandent en choeur Faribole et

Pain d'Epice qui sont

les plus grands coquins de la terre.

Entrez vous réchauffer... un instant et après

OUST !

Puis, il réfléchit et dit avec un brin

de douceur dans la voix :

- Il y a de quoi manger

à la cuisine...

Puis il disparaît en grondant :

- Mais après... OUST !

Je veux que vous soyez partis

à mon retour !

Comme tout est triste ici !!!

La maison, ou plutôt ce qu'il en reste, est aussi grise que les nuages au dehors.

Faribole et Pain d'Epice en sont tout retournés de l'intérieur.

Ils s'approchent de la cheminée... mais le feu est gelé.

En cherchant du bois, Pain d'Epice découvre les rennes dans la grange et Faribole la hotte dans la cave.

Ne sont-ils pas les meilleurs détectives du monde ?

Ravis, ils chantent une chanson pour se remettre dans l'esprit de Noël.

Nous avons trouvé ce que nous cherchons.

Partons ! dit Faribole.

Mais Pain d'Epice n'est pas d'accord.

" C'est la veille de Noël ! Allez, mettons un peu

de joie ici !

Au travail !"

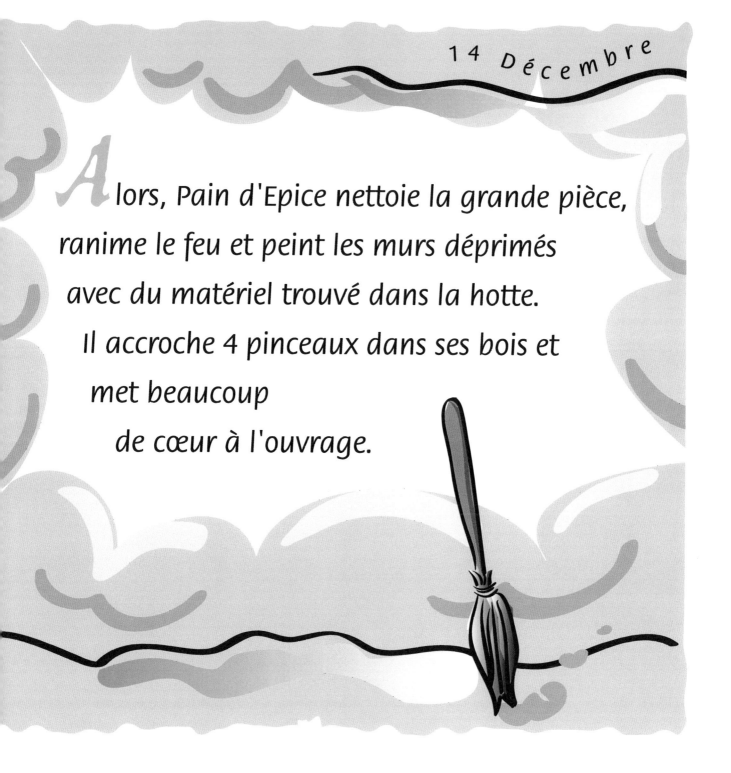

Alors, Pain d'Epice nettoie la grande pièce,
ranime le feu et peint les murs déprimés
avec du matériel trouvé dans la hotte.
Il accroche 4 pinceaux dans ses bois et
met beaucoup
de cœur à l'ouvrage.

Faribole rapporte un beau sapin et le décore. A son pied, il dépose un magnifique paquet avec un gros chouchou. Enfin, les deux plus grands coquins de la terre se cachent en attendant le retour du Père Fouettard... Ce qui ne tarde guère !

Quand le Père Fouettard rentre chez lui,
il en reste bouche bée. Jamais il n'aurait rêvé
si belle décoration dans sa masure.

Assurément, ce sont les deux plus **grands** coquins
de la terre, pense-t-il. Mais pour ne pas montrer
sa joie, il grogne : " Saperlipopette, qu'est-ce que
c'est que cette maisonnette ? Je vous vois espèce
de chenapans !
Sortez de votre cachette !"
Ce qui ne tarde guère !

Hum ! Hum ! C'est pour moi cette...
cette chose ? demande-t-il
en indiquant le cadeau.

Pour Monsieur

Père Fouettard

- Oui ! répondent en chœur
nos deux petits coquins.

Deux taches de coquelicot fleurissent sur les joues
du Père Fouettard. Des larmes perlent à ses yeux,
roulent sur sa barbe et tombent sur le parquet.

Ainsi arrosée par des larmes de joie, la masure se met à faire des branches, des feuilles et même des fleurs... les fleurs attirent les insectes... les insectes attirent les oiseaux... Et tout ce petit monde entame une douce musique composée de bzzz et de cuicui qui chasse les nuages et dessine un arc-en-ciel.

LA! LA!

Le Père Fouettard en est tout étourdi de bonheur et il se met à rire... un rire de joie dont il n'a aucun souvenir et qui a bien besoin d'huile aux articulations tant il est grinçant.

Sacré Père Fouettard, il est si gai qu'il en attrape des airs de Père Noël... là... là... et encore là !!!

$\mathcal{E}$nfin, il ouvre le cadeau. Qu'y a-t-il à l'intérieur ?

Il fouille sans regarder.

- C'est doux au toucher, s'émeut-il.

Mais c'est... c'est...

Tous ses voeux sont exaucés
car il découvre ébahi...
un costume de Père Noël !!!

*A*lors, comme il a mis la tournée du Père Noël
en retard... ce soir-là, le Père Fouettard revêt
son costume de Père Noël. Il est ravi même s'il perd
un peu son caleçon.

Et de la base du Pôle Nord partent deux équipages.

D'un côté, le Père Noël avec son traîneau habituel et tous ses rennes ravis de gambader dans le ciel étoilé.

De l'autre, le Père Fouettard et Faribole dans un side-car rouge avec ce foufou de Pain d'Epice comme pilote.

22 Décembre

Au petit matin, tout le monde rentre à la base et s'endort. Ils sont si fatigués après cette longue nuit de travail acharné. A leur réveil sept jours plus tard, Faribole et Pain d'Epice constatent que le Père Fouettard a disparu. Mais il a laissé deux cadeaux de sa part sous le grand sapin.

*F*aribole a un talkie-walkie à roulettes et
Pain d'Epice un gâteau à la carotte porte-clefs.

- Il manque un peu d'habitude pour faire
des cadeaux, dit Faribole.

Mais ça ira mieux
l'année prochaine.

Pas vrai Pain d'Epice ?

- Sûr de sûr !

Collection Jeunesse de Marie SEILER - Odette MULLER

Tome 1

Tome 2

Tome 1

Tome 2

*Accès page auteure
Odette Muller...
scannez-moi !*

Printed in Great Britain
by Amazon

70954316R00030